Der nächste Tag war ein lauter Frühlingstag. Ein Tag nach einem Sonntag war es, der mir viel zu laut und viel zu schrill schien. Gustav, mein treuergebener Partner fürs Leben, ein Lebenspartner, der mich ab und zu als dunklen Seelenräuber verfluchte, schlief sich in seinem scheinbar stählernen Sessel starr. Er schlief nicht leicht und verfestigt, nicht einmal das Hupgefecht in den vollen Morgenhauptstraßen ein paar Blocks weiter schien ihn zu erwecken. Ich trat mit noch verklebten Augen hinein in den nächsten Tag, obwohl wir uns diskussionlos und dissentierend darauf geeinigt hatten, ich solle doch im Zimmer nebenan schlafen, als wüsste er nicht, dass wir ihn innerhalb dieser verwanzten Wohnungswänden immer zu bemerken vermögen. Wir, also damit meine ich eine Nase von mir, die lasch hängenden Ohren und worin auch immer der Wanzen eifrigen Sinnesorgane bestehen. Gustav hatte schon länger nicht mehr aufgeräumt, der alte Banause. Wer kann's ihm auch verübeln, ich kann's ihm nicht verübeln. Denn der Besuch, sollte jemals in diesen kalten Tagen ein Besuch sich angekündigt haben, steht nicht gerade Schlange für die Besichtigung eines chronischen Besichtigungshassers und eifrigen Verächters der häuslichen oder seelischen Präsentation. Und die letzte Frau, die er hatte, die Rosalie, ach wie sehr sie nach ihrem Namen duftete, wie ein rotes Meer von nach ihrem Namen duftenden Blumen, war wohl unpassend für den alten Partner Gustav. Ein „Herzriss" nannte er sie immer, gleichwohl es mir so schien, als wäre sein Herz zerbrochen gewesen, und das lange bevor Rosalie ihm sein Herz zerriss. Vielleicht versuchte er die Rosalie nur als Sündenbock und nutzte diese Gelegenheit, um seinen selbstverschuldeten Herzbruch zu kaschieren, der altjunge Gustav, der sonst perfektionistischer nicht sein könnte. Seine Mutter, die ihn einst widerwillig gebar, riet ihm nun mit aller Bemitleidung und zwanghafter Fürsorge, dass dieser Drang zur Engherzigkeit und zu einem Anspruch, den er sich selbst nie zu genügen vermochte, ihm jüngst zum Verhängnis kommen würde. Wie ein vorbildlicher Sohn war er selbstverständlich nicht gewillt, sich Mutters Worte zu Herzen zu nehmen, und somit zerbrach sie, also die Beziehung zur Mutter und sein Herz, nicht wegen der Mutter, sondern wegen Rosalie, wie auch Zähne verfaulen und zerbrechen, wenn man sich keine ratsame Zahncreme zum Zahne nimmt. Nun wo war ich stehengeblieben? Ach ja, in Gustavs Zimmer stand ich, mit den herabgelassenen, anthrazitfarbenen Jalousien, dunkler als dessen Tage, noch dunkler als die Nächte, durch die er meistens wehmütig watete und es roch nach verbranntem Haar. Vielleicht sind das auch nur meine Härchen, die in der Hölle schmorten, da der Gustav mir mal ins Gesicht brüllte, dass ich sein Zimmer nicht betreten darf, wenn er sich gerade darin aufhielt, sofern ich nicht in der Hölle schmoren möchte. Er verlautbarte mit solch einer testamentalen Autorität, dass ich glatt meinte, sein Gott spräche durch die vom Brandy aufgedunsenen Lippen. Brandy vor dem Abendessen, Anfänger. Eigentlich musste ich sowieso nie hinein, da ich stets bei ihm im Geiste in Bereitschaft arbeitete und sein zwanzig Quadratmeter Muffelzimmer ohnehin nichts weiteres als Aktivitätslosigkeit barg. Doch steh ich nun drin bei ihm und muss gestehen, der Gustav war meistens ein lieber Konfident gewesen, gegen sich selbst schien er jedoch immer den tiefsten Groll zu hegen, er sah sich wohl immer als seinen liebst gewonnenen Feind oder einen grämlichst verlorenen Freund, den er nie hatte und eigentlich nicht brauchte, aber doch haben musste, um wahrscheinlich irgendetwas zu fühlen. Selbstgroll lässt sich leicht injizieren, wie eine Droge ruft sie nach einigen Malen unverbindlichen Verkehrens einen zu sich. Und als Hure seiner eigenen Geistesverlotterung nahm er sich natürlich dieser Frivolität an. Der Groll besprang ihn förmlich, womit er keine Wahl hatte, was ich definitiv nicht verachten würde, solange er mich ausreichend entschädigte. Nebenbei läuft jetzt noch ein Stück von Chopin auf Dauerschleife, ich meine die Nocturne in E-Dur herauszuhören, welches ich nicht ausschalten kann, denn dasselbe Stück lief schon die ganze Nacht durch. Sein ganzes Leben hörte er eigentlich keine Klassik, aber in der letzten Zeit half ihm das beim Nichtstun und beim gelegentlichen Schreiben. Gustav platzierte seinen Plattenspieler sorgfältig auf das Dach des höchsten Schranks, sodass ich keineswegs meine kralligen Pfoten draufsetzen konnte. Ich war nicht so großgewachsen, allerdings war ich mir relativ sicher, der Gustav würde widersprechen. Für ihn war ich relativistisch groß, hatte die Dimension einer sehr langen Buchbindernadel, die durch sein Auge unaufhörlich hineinsticht und den Kopf aushöhlt, was über meine physische Größe wenig aussagte, aber umso mehr über meine enge Beziehung zu Gustav. Manchmal, wenn er allein angestrengt wimmerte und dachte, ich sei im Schlaf vertrieben, könnte ich auch hören, wie er sich selbst als kleine Gräte porträtierte, die in meinen blutigen Zähnen festhing und die, sollte ich sie schließlich verschlucken, ich nicht einmal in meinem bestialischen Schlund bemerken würde. Ich war nebenan so entzückt gewesen und lächelte bleckend vor mich hin. Sobald er mir jedes Mal im Vertrauen solch eine mächtige Wesenskraft attestierte, freute ich mich noch mehr auf die Zusammenarbeit mit meinem Partner Gustav, da er unserer Zusammenarbeit scheinbar uneingeschränkte Aufmerksamkeit schenkte. Er hingegen war physisch schon klein, nicht groß für meinen Geschmack. Oft flüsterte ich ihm das ins Ohr, dass keiner so einen Gnom wie ihn kennenlernen, geschweige denn sich in eine Beziehung wagen würde! Bis um die eins siebenundsiebzig ein halb rum schaffte er es beim Aufstehen, wodurch er den Damen, denen ich ein Besuch beim Gustav nie zugetraut hätte, immer ein paar Centimeter höher schönredete. Sonst hätte er sich noch hässlicher gefühlt und sich seiner Erscheinung völlig überdrüssig eingesperrt und den äußerst schönen Damen abgesagt. Öfters wünschte er den äußerst schönen Damen ein äußerst schönes Leben, nachdem er, wählerisch wie er war, in einer Zeitspanne von fünf Textnachrichten oder fünf Minuten keine Zukunft in eine einhellige, gesunde Beziehung mit ihnen sah. Einige waren danach sichtlich perplex, sie hatten sich schon auf das Langzeitangebot seines leichtfüßigen Witzes und der scheinbar galanten Sprechweise gefreut, wohingegen der Gustav diese Art der Kaschierung nur sehr mühselig ertragen konnte. Der weitaus zahlreichere Rest dagegen freute sich insgeheim, dass ihnen somit eine durch ihre trübvage Absage oder einer lächerlich offensichtlichen Lüge erzeugte

Demütigung erspart blieb. Echte Männer, sagte der alte Gustav, die kompromisslos Frauen auf Abruf umgarnen könnten, verdienten diese äußerst schönen Frauen viel mehr als er selbst. Er würde doch nicht einmal für sie sorgen können, beteuerte er vehement. Früher wäre es finanziell nicht machbar gewesen und heute auch noch seelisch nicht, meinte er, während er mir mit seinen getrockneten, kraftlosen Händen träge gegen die Schulter stieß. Das alles sei deine Schuld, flüsterte er mir laut zu, mit einem Lächeln, das ich oft genug zu Gesicht bekam und von dem ich wusste, dass es nur ein ironisch aufgesetztes Lächeln war, umrandet von seinen leblosen, dahinschweifenden Augen. Als würde ein Leutseliger seinen unterlegenen Partner ironisch anlächeln, nur umgekehrt. Du wirst wohl immer an meiner Seite sein, schluchzte Gustav, ich entnahm seiner schluchzenden

Stimme eher mehr Kümmernis als Freude, aber ließ mir nichts anmerken.

Ich bin nicht stolz auf meine Wesensart, allerdings verliere ich mein Gesicht ebenso wenig. Ich bin von Natur aus so, wobei der junge Gustav meine Meinung wahrscheinlich als einen hässlichen Euphemismus bezeichnen würde. Manchmal fragte er sich laut, nein, er fragte sich das eigentlich ununterbrochen laut, weshalb wir Partner auf

Lebenszeit wurden, weshalb ich ausgerechnet bei ihm gelandet sei. Oft hatte er mich verdammt und gesagt, er sei wie ein schon längst untröstlich gewachsener Vagabund, der auf der Suche nach hoffnungs- und magenerfüllenden Konservendosen in schwer versteckten Mülltonnen, mich beim Herumstreunen fand und ich seitdem nicht mehr von seiner Seite wich. Dabei sollte er dankbar für unsere Zusammenkunft und Zusammenleben sein. Ich forderte nicht viel von ihm. Das einzige Tribut ist seine Zeit, sodass ich immer bei ihm bleiben kann. Denn Gustav wusste, solange er sterblich war, blieb ich unsterblich, nachdem ich ihm eingeleuchtet hatte, dass seine Zeit sowieso bald fertigverdunstet sein werde, er war ja schon satte 168 Jahre alt. Damals hatte er mich nicht gefunden, ich bin ihm gefolgt und tat dann gespielt so, als wäre ich hilflos und als benötigte ich Hilfe, weil er mir so ausnahmsweise fröhlich und edelmütig schien. Nun endete seine Freifahrt hier. An der letzten Station hatte er meine Schnauze als letztes gesehen. Und als er den Zug zur Ewigkeit nahm, hinterließ er nichts anderes als seine eingegangenen Zellhaufen und einen Brief für niemanden.

Seine letzten Worte schrieb er in den letzten Tagen nieder. Er wusste nicht, ob ein kleiner Brief reichte, in dem er den Zurückgebliebenen ein angenehmes Leben wünschte und sich mit den restlichen Worten von seiner Bindung zur Welt lossagte. Ich schlug dem Gustav deshalb vor, einfach das aufzuschreiben, was er genau in diesen Momenten dachte und was ich ihm beigebracht hatte. So musste es kein lückenloses, prosaisches Elendsinformationsblatt werden, sondern durchaus ein gedankenspringendes Abschlusszeugnis, eine aufkündigende Litanei. Als er mit dem Ringen seiner letzten Worte fertig war, fing es an zu regnen. Normalerweise drapierten sich seine Gesichtsfalten zu einem Lächeln, sobald es regnete. Heute ließ er sich aber scheinbar viel Zeit mit dem Lächeln. Er legte den Brief auf den Tisch neben das weinrote Sofa. Er hatte es erst kürzlich gekauft, weil sein vergossenes Blut so großartig dazu passen würde. Er hatte in den letzten Wochen an einer mechanischen Apparatur gearbeitet, mit der er seinen Schuss zeitlich perfekt abstimmen kann. Ich möchte träumen, liebäugelte er. Ich möchte tief träumen, wenn ich gehe und nicht mehr von diesem Traum aufwachen. Somit setzte er den Zeitschalter auf eine Stunde ein, denn er war todmüde und in den letzten Jahren fing er in der Schlafzeit sehr früh zu träumen an. Mit dieser Kugel bringe mich nach Hause, ins Anderswo, waren seine letzten Worte. Nach einer Stunde war es so weit. Ich stand an der Türschwelle mit aufgerissenen Augen und lächelte breit über mein in jeder Sekunde erfolgreich vollendetes Werk. Als der Hahn seiner Schrotflinte von einem Gewicht, das an einem Seil zum Zeitschalter hing, abgedrückt war, hörte ich den langersehnten Knall seines davonspringenden Schädels die Stille kurz durchbrechen. Der junge Mondschein in dieser nächtlichen, unberührten Stille unmittelbar nach dem Knall verklärte sein für die Ewigkeit zersprungenes Haupt und dessen Seele, welche sich wenige Momente noch so müde vom Gewicht unerträglicher Leere beklemmen lies und andernfalls dem Schmerz seines stieren Blicks auf das grassierende Unheil in ihm komplett vereinnahmt hätte. Frei ist er nun - befreit und meiner beflügelnden Künste entledigt. Denn warum muss man, um frei zu sein, immer leben?

Ich sah mir seinen leblosen Körper an und lachte zunächst vor mich hin, dann immer lauter und lauter, bis ich mein fröhliches Lachen nicht mehr unterdrücken konnte und anfing zu bellen und lauthals zu johlen, die Lefzen voller Speichel, bis ich mein schwarzes Maul vollsabberte. Ich vermisste Gustav jetzt schon, ich vermisste es, ihn so leicht um den Finger zu wickeln, bis er nicht mehr Gustav war, sondern ein Körper eines ehemaligen Gustavs mit dem Geist eines Künstlers! Eines Komponisten, der die Sonate eines Widersachers schrieb, der gegen sich selbst im Adagio zu verlieren gelernt hatte. Ach, was bin ich für ein Meister und ein stolzer noch dazu! Nach einiger Zeit süßer Frohlockung machte ich mich aber auf dem Weg hinaus in die tiefe Nacht. Es regnete weiterhin, genauso wie es Gustav wollte.

Die letzten Tage
Brief an niemanden

Ich öffne mich im Regen, wenn das Feuer meiner Verve endlich gelöscht ist.

Korrumpiert mit dem Leben, freigekauft mit dem Tod.

Ich fiel vom Himmel, dann der Himmel auf mein Haupt.

In den letzten Tagen wird einem der Täuschungsversuch dieser Lebensfarce bewusst, denn das Schloss zu diesem Entschluss war stets angebrochen. Nur wenn wir erkennen, mehr noch, unser volles Augenmerk auf die Erkenntnis fixieren, dass die ersten Tage die letzten Tage sind, betrachten wir unser rohes und künstlich erhaltenes Bild in der Momentaufnahme. Die entblößte Verzerrung und Zerrissenheit sind letztlich nicht mehr wegzudenken, weshalb ihr infernalischer Anblick bis zum Ende ertragen werden muss. Die Angst vor dem Nichts ist die heimliche Furcht vor dem, was ist und womöglich nie sein wird.

In den Hinterhöfen des Bewusstseins werden die erbarmungslosesten Kämpfe geführt.

Jener Hinterhof wird von kleinster Euphorie hin zur größten Schwermut abgesteckt, die Grenzen manchmal ineinanderfließend, amalgamieren sie zu einer alles in sich hineinschließenden Hecke, welche gleichzeitig Schutz vor Eindringlingen bietet, aber auch vor der Sonne.

Ich bin eine Ephemere. Im Regen bin ich rein, im Regen werde ich ein. Diese meinige Einsicht, ja sogar des Überlebens willen unabdingbare Evidenz kann mir keiner der frevlerischen Götter mit ihrem Überdruss verbieten! Dies sind nicht meine ursprünglichen Gedanken, denn sie erreichten mich aus einer früheren Zeit, als Apotheose und profane Ketzerei eine zwanghafte Antwort auf den unmündigen und frühkindlichen Agnostizismus waren. Kühl und zaghaft ruhig wachte die Nacht als ein massengefertigter, automatischer Schrei sie durchbrach.

Ich bin hier, um zu verschwinden, zweifellos.

Die meisten verstehen nicht meinen Drang zur Einsamkeit. Dabei begreifen sie nicht, dass Einsamkeit und Vereinsamung sich grundlegend unterscheiden, wie Freudentränen und Tränen der todbeklommenen Trauer.

Lieber denke ich unglaubliche Gedanken in meiner unheilen Gedankenwelt als dass ich beispielsweise mich in Sorgen wälze, ob meine tägliche Kleidung für außenstehende, hypokritische Scheinträger mondän und akzeptabel genug sei. Überhaupt habe ich schon genug Anstrengung, mir selbst zu gefallen . . .

Das Existieren ist im Grunde nichts weiter als eine provisorische Ablenkung, eine Überlebensmaßnahme, die nur Leid inhäriert. Gäbe es eine befriedigendere Lösung, bräuchte man entweder nicht mehr zu leben oder man verbrächte sein wohlgewonnenes Vergnügen, das verbissene Rieseln der sterbenden Sanduhr zu begeißeln.

So viel gelebtes Leben, so viele ungehörte Geschichten, so viel unausgesprochenes Leid, welches nunmehr in anderen Seelen schlummert, in verborgener Isolation weiter wütet oder schlussendlich mit der verlorenen Existenz verblässt. Letzteres ist ein Armutszeugnis der verwahrlosten Gesellschaften. Wenn das Leiden nicht zu beklagen gewagt wird, sei es aus Angst vor dem Gefühl ihrer Unzulänglichkeit, was nützt dann all die vorgegaukelte Empathie? Was nützt das alles, wenn man sich der krallenden Furcht nicht stellen kann, ehe sie in agitierende, impulsive Wut wandelt und zu unsäglichen Handlungen geballten Selbsthasses führt?

Um die Feinheiten des Universums vollends zu beschreiben, bedarf es einer Sprache, die der menschliche Verstand in seiner gottgegebenen oder selbstinduzierten Beschränktheit wohl nie erlernen wird. Auch könnte man behaupten, unsere Lebenszeit sei zu kostbar, um nicht auszureichen. Aber wann ist schon etwas ausreichend, was mit dem Ende ihrer realen Wahrnehmung verendet . . .

Die Verzweiflung nagt an meinen Verstand, wie die Zähne an meinen Nägeln. Ich habe keine Nägel mehr und die Zähne verfaulen immer weiter, nicht nur wegen einer leichtsinnigen Faulheit, wie es der Gesunde beteuern würde, sondern durch meine schwermütige Paralyse. Und auch wenn meine wirren Worte wie ein inkohärenter, gebrochener Mageninhalt erscheinen, so ist mein Defätismus klarer denn je. Ich habe mein Leben verspielt wie ein auswegsuchender, in Schuld verfallender, Bauer es mit seinem Hof tut. Doch wo der Schatten wächst, wartet das Licht, hallt das Flüstern von den kahlen Wänden, während das Licht immer noch im Verborgenen liegt.

Als ich beim Onkel in der Heimat zu Besuch war, durfte ich vom Brunnen einen Kübel Wasser abpumpen. Das widerlich klingende, metallisch reibende Geräusch des Pumpenhebels flößte mir eine Furcht ein, die ich nie vergessen werde. Plötzlich hatte ich den irrationalen Gedanken, dass kein Wasser mehr übrig sei und wir verdursten müssten, was mir damals mit 13 Jahren die erste Panikattacke bescherte.

Momente bleiben für den Betreffenden nur für einen trägen Lidschlag bestehen. Das Leben für die Lebenden, die Schöpfung für den Schöpfer.

Achtsam sollte man sein, ehe man sich plötzlich den Verschwundenen widerwillig oder anstandslos dazugesellt und die gemachten Fehler im Diesseits zurücklässt.

Letztendlich geraten in Hinsicht auf die Kurzlebigkeit alle einst auf dieser Welt schweifenden Geister in Vergessenheit. Demnach wäre es begreiflich, dass dieses Massengrab mit dessen Knochenmehl von Menschen von einer höheren Kraft ebenso missachtet und vergessen wurde.

Der Mensch besitzt zu diesem Zeitpunkt, wenn man überhaupt von einem Punkt in der Zeit sprechen kann, die Erkenntnisfähigkeit eines albernen Murkels im Ausmaß des Universums. Dessen Hilflosigkeit offenbart sich vor allem in seiner eigenen Unkenntnis darüber. Der Mensch ist ein vernachlässigtes Kleinkind, zurückgelassen in einer verhüllten Wiege in den Tiefen des Nichts, umzingelt von ungewissen Gleichgesinnten. Wie soll es folglich ein anderes Ende nehmen, außer dass er heillos dem Frühtod geweiht ist?

Ich zeichne meine Welt auf einer zerrissenen Leinwand, schwarz und weiß bekleckern sich gegenseitig zu einem hässlichen Grau.

Ich kann mir nur schwer vorstellen, dass der ewige Tod in ein glückliches ewiges Leben führt. Warum soll es aus heiterem Himmel eine spirituelle Vollendung geben, wenn es zu Lebzeiten nur darum geht, der Psyche und dem Körper Paroli zu bieten oder wie ein makabrer Mönch zusammenfassen würde: den Körper und das Ich in sinnerfülltem Einklang zu bringen, um letztendlich doch vom intriganten Körper erstochen zu werden? Folgender Gedanke erscheint im negativen Sinne emergent, jedoch möchte ich unbedingt herausfinden, ob das Stehende Jetzt auch wirklich steht. Denn im Diesseits werde ich laufend mit Enttäuschungen, sowohl von mir als auch für mich, übermannt und überrannt. Wenn der Spaß keinen Spaß mehr macht und das Gefühl der oppressiven Inanität sich auch noch im Schlaf durchsetzt, ist es wohl an der Zeit, einen anderen Versuch zu wagen, gleichwohl es als leichter Ausweg erachtet wird. Dauernd evoziert meine Verzweiflung die Vorstellung, dass ich alle schlechten, disharmonisch klingenden Akkorde schon verspielt hätte und die schönen, imposanten, vor allem offenen Klänge, sich alle gleich monoton und ungenießbar anhören. So stellt sich mir jede erschöpfende Nacht dieselbe Frage: wem kümmert's?

Die Hassenden vergessen nicht, bevor ich endgültig ausscheide. Die Liebenden werden dahinschwinden, so auch ich. Manchmal denke ich, dieses gesamte Konstrukt des Universums in Relation zur Überflüssigkeit der Erde und unseres Daseins sei nichts weiter als eine unfassbar schlechte Tragikomödie. Da entstehen abgelegen in der Raum-Zeit irgendwelche bedeutungslose Hampelmänner und Popanzen. Je länger sie da sind, desto schneller sinkt die Pietät vor der universalen Leere. Der einzige Unterschied zwischen Tier und Mensch ist die scheinbare Überlegenheit durch das Grübeln und Räsonieren, was oftmals leider zum voreiligen Ziehen falscher Schlussfolgerungen führt. Ansonsten würden sie auch nur ununterbrochen öffentlich Kopulieren sowie das Zeitliche schneller segnen. Nichtsdestotrotz, was gäbe ich denn, frei wie ein Adler zu fliegen, unbekümmert, höher als Ikarus – und die Sonne werde mich mit Wohlwollen aufnehmen, während ich erleichtert samt meinen schweren Flügeln im Nimbus verschmelze . . .

Jede in der Ferne den Weg kreuzende Katze sieht im Dunkeln vorerst schwarz aus.

An der feinen Donau stehe ich gerade. Die Wellen fronen voller Hemmungen, doch bilden sie ihren eigenen Strom und zeichnen ihre eigenen Lebenslinien. Wo sie nur hinflössen, gäbe es keine Ufer. Üblicherweise vermag ich es nicht mein Spiegelbild zu betrachten, allerdings sehe ich mich gerade im Wasser und wie sich das Gesicht sekündlich verzerrt. So habe ich wohl mein wahres Bild gefunden. Die Trübsal in den Augen zerfließt sich unkenntlich und vereinigt sich mit den Wellen und dem allmählich durch die Wolken dringenden Abendrot. Ich sehe einen vorbeihuschenden Schatten und blicke hinauf. Da, eine Amsel, stolz die Flügel schlagend, fliegt es empor, als gehöre der Himmel nur ihr. Nebenbei läuft ein Stück aus der Prelude Debussy's in meinen Ohren. Es scheint vortrefflich zu passen. Der Sonnenschein schießt noch ein letztes Mal kräftig auf die ermüdete Stadt, als hätte sie darauf gewartet, ihre restlichen Kraftreserven im trefflichsten Moment zu verbrennen, ehe sie versinkt. Die Wolken um ihr füllen sich prall mit blendendem Orange und Rot. Ein wahrhaftig prunkvolles Entree in aller Stille, bevor meine Lieblingszeit einsetzt.

Wer sich die Mühe macht, dies zu lesen, der sieht die Welt durch meine Augen. Sie steht still. Der erfrischende Regen, den ich über alles liebe, erbaut sich kontinuierlich seinen Thron und erobert im Handumschlag die Stadt. In dieser nächtlichen Umstimmung scheint die menschliche Existenz nur ein kurzes, für die Tonne disponibles Kapitel zu sein. Die aufgedunsenen Wolken vergießen die feuchtfröhliche Botschaft, während ihnen keiner jegliche Beachtung schenkt. Alle finden sich im Schlafe versunken, selbst im abgeschlagenen Wachzustand. Bei solchen Ergüssen weiß sich auch der schwermütigste Schönwettermann zu helfen, indem er behände das Weite im nahen Hause sucht. Unterdessen ringen die Zurückgelassenen und Verlassenen verzweifelt nach schutzliefernden Dächern. Die Erglückten allerdings spazieren beruhigt in ihren Dachreitern auf den weiten Traumalleen entlang. Selbst einer meiner Vorbilder beharrte darauf, dass der Regen keines Menschen Freund sei, wodurch nicht einmal Goethe bewusst war, dass die Gutmütigkeit des Regens in keinerlei Hinsicht mit der Jovialität eines menschlichen Scheinfreundes zu vergleichen ist. Mit größter Entzückung schwelge ich in den vitalisierenden Tropfen; den Regenschirm habe ich doch glatt vergessen! Der Mensch ist wahrlich bekannt, gegen derartige Schenkungen zu rebellieren, aus dem einfachen Grund, dass es nicht in dessen Macht steht, Ähnliches zu vergeben und folglich die Überhand zu verlieren droht.

Ich bin immer mehr erpicht, eine erfolgreiche Karriere als Eremit anzustreben. Denn ich verliere zumindest in diesem einfachen Leben, das ich kläglich scheiternd führe, das Gefühl des bergenden Trosts in der Gemeinschaft aufgrund ihres rasant steigenden Starrsinns. Vielleicht bin ich nicht nur aus einem anderen Holze geschnitzt, sondern gänzlich aus billigem Kalksandstein gemeißelt, wodurch es mir nun einleuchtet, weshalb manche verdutzen, wenn ich nachts von Langeweile und Insomnie geplagt in den schmalen Gassen der Stadt rumschlendere. Infolgedessen verfalle ich besonders für Familie und Bekannte als eine äußerst renitente Kanaille, wenngleich ich mich eigentlich für eine harmonische oder mindestens harmoniesuchende Kreatur halte. Im Grunde fände ich es nur genehm, den Sonnenschein nicht immer dem Regen vorzuziehen und ihn wenigstens als gleichwertig zu zählen. Immerhin ist es schon seit jeher der Fall gewesen, dass jene Dinge, die zunächst den Anschein eines Gemeinnutzens erwecken, jedoch in den schlechtesten aller

Augenblicke ihren Platz einfinden möchten, immer verabscheut und abgelehnt werden, wohingegen das elegante Lächeln der Sonne ekstatisch willkommen geheißen wird. Diese Dinge sprechen mich besonders an, die Tagessonne ermüdet und schwächt mich nur. Kontroverse Dinge wie der Regen verschaffen mir in meinem bedeutungslosen Leben eine trostreiche Essenz, weshalb er zu meinen engsten Freunden zählt, so still er manchmal auch sein mag. Und ist der Regen einmal da, erreicht mich im Herzen solch eine Wärme, welche selbst die Sonne mir nie schenken könnte.

Wo kein Wille, da kein Sinn. Ich bin Ich, also war ich Es. Wer sein wird, weiß weder Ich noch das im selben Moment vergangene Es. Wer bin ich und wo wird Es sein, wann Ich nicht mehr ist? Wer den Willen zum Lesen dieses Abschnitts nicht aufbringt, der sieht auch keinen Sinn dahinter.

Durch Musik höre ich das Leiden und den Schrei nach Erlösung am deutlichsten, welche tief aus den Kammern des Herzes erklingen und welche ansonsten immer noch still im Verschlossenen schlummerten; wie ein schmerzloser Tumor alles Vergängliche noch vergänglicher machten.

Musizieren und Musikhören bedeuten Fühlen und Erfühlen. Fühlbar sind die Gedanken und der Gemütszustand des Komponisten. Erfühlbar wird der Umgang damit.

Das Thema des Todes frappiert mich abermals, je mehr ich darüber nachdenke. Es zerbricht mir den Kopf, weil es tatsächlich nur eine lapidare Antwort gibt – wir wissen es nicht und werden es nie wissen. Es ist doch schlichtweg lächerlich zu behaupten, jemand hätte es so gewollt, mich exakt in dieses Zeit leben zu lassen. Mich mit Ängsten bloßzustellen, mich wissentlich an Fäden zu ziehen und Bewegungen auszuführen, die den Anschein erweckten, dass eine leblose Marionette plötzlich in das Leben vernarrt sei. Sobald die wichtigsten peristaltischen Bewegungen für immer aussetzen, ist doch nichts mehr von Belangen. Möchte man nach Petrarca die Raum-Zeit mit endloser Bedeutung füllen, ist es diesem natürlich gestattet. Hiermit kann man gewiss dem Stundenglas des unaufhaltsamen Zeitablaufs entgegenwirken. Wenn aber jemandes ultimative Bedeutung darin bestünde, den Sinn dieser unaufhaltsamen Zeit zu ergründen, so wird sich dieser darin verlieren. Infolgedessen verliert er nicht nur gegen die Zeit, sondern gegen sich selbst.

Ich habe keinen Rat für jemanden, der es überhaupt erwägt, einen Rat bei einem verstümmelten Geist zu suchen, denn ich kenne mich nicht einmal selbst so genau. Wenn ich gezwungen wäre, nur einen Satz zu schreiben, so sei es folgender: die Vögel singen sowieso.

Die effektivste Katharsis ist die künstlerische Entladung. Wolken sind laut, wenn man nur genau hinhört.

Ich schreibe, um die äußerliche Stille mit meinem Minenschwung zu durchbrechen. So ritze ich all meine Elegie auf unschuldige Seiten, versuche damit meine Seelenreinheit, meine tabula rasa zu rekonstruieren. Ich schreibe, um die neurotische Wirrnis innerhalb meiner Grenzen zum Stillstand zu erlegen, indem ich meine schalkhaften und misstönend spielenden Geiger ein für alle Mal des Saales verweise. Mit jedem einzelnen Wort erbaue ich einen neuen Träger der Hoffnung unter dem allmählich verrottenden Dachstuhl meiner Konzerthalle, um einen fatalen Kollaps zu verhindern. Ich schreibe, als würde meine Hand Teil des verkrampfen Arms des Atlas sein. Und ich schreibe, als würde die Buße meiner aufgezwungenen Welt gänzlich von mir abhängen. Schreiben ist wahrlich Therapie.

In meinen Träumen bin ich kein Mensch, sondern ein Wesen, das nicht verfällt. So warte ich sehnsüchtig auf das Ende des Tages, um selbst dem Abendrot ins lachende Gesicht zu blicken.

Menschen, nicht minder impertinent als leutselig.

Wer hat mich nur zu dieser Staffage gezwungen und erzogen. Gäbe es die Möglichkeit umzukehren und ein jeder fliehe zu den Anfängen zurück, so bliebe ich an Ort und Stelle, nur um einmal die absolute Ruhe zu genießen und das Gefühl der Erleichterung zu hegen, das ich mir einst versprach.

Freude ist nur der Missmut eines anderen, manchmal der eigene verdrängte Missmut.

Zeit, ein wahres Wunder, voll gütiger Boshaftigkeit.

Ein initiativloser Karrierist, der im Kopfkrieg um die Spitzenstelle des Versagens kämpft, beschreibt mich nicht nur in der Realität trefflich, sondern auch in meiner Illusion.

Ich bin ein verrückter Parasit, wir alle sind es. Zusammen fuchteln wir in liederlichen Veitstänzen auf dem Bauch der Mutter Natur herum, während sie angeödet ihre Macht walten lässt und uns in Stücke zerreißt, wann immer es ihr auch genehm ist.

Eine Wahrheit postuliert subjektives Wahres – und belügt sich somit selbst. Denn die Unwahrheit ist rein, nur sie ist beständig und frei von jedem Zwang zur Einstimmigkeit.

Muss ich beim Müßiggang gehen?

Was zählt, ist die Akzeptanz deines Schicksals. Denn das Schicksal ist gebunden an der unformbaren Zeit, welche uns als Krankheit erliegt. Je früher man den Rest des unheilbaren Lebens billigt, desto schneller vergeht der Schmerz oder desto erträglicher verläuft er, sofern man zum feigen typus melancholicus neigt.

IDIOT = In deinen Ideen orchestriert Thanatos.

Unsere Freiheit beschränkt sich lediglich, danach zu fragen.

Ich habe den Trank des Lebens zu schnell getrunken. Ein bitterer Nachgeschmack breitet sich in meinem verdrossenen Gaumen aus, der erste Schluck war schon ein breiter Graus.

Man wird erzeugt, um dahinzuleben. Das Leben sei als Geschenk zu erachten und mit Behutsamkeit zu behandeln. Das einzige Attribut eines Geschenks, welches ich in ihr sehe, ist die Überraschung. Seltsamerweise bin ich Tag für Tag enttäuschter darüber, ich hatte mir nämlich Stille gewünscht. Dies wäre doch für den Überraschenden viel einfacher gewesen.

Schmerzvoll ist das Leben, voller Klage. Birgt es denn nichts anderes als einen angeschnittenen Fingerhut voll Hoffnung, wenn man das tägliche Ableben der Sonne erlebt und vielleicht einen flüchtigen Moment der Ruhe erhascht?

Erhobenen Hauptes blicke ich gerade um vier Uhr nachts zum Fenster hinaus und freue mich auf die langersehnte Ankunft eines treuen Freundes. Ich bin froh um meine Hyperopie, so kann ich den Regen wenigstens klar beim Verschwinden zusehen. Für die Weitsicht im Leben fehlt mir leider noch eine Brille, die geringe Zeit reicht für eine Entwicklung nicht aus.

Die Menschheit verhält sich wie eine geschlossene Wolkendecke. Gemeinsam schwebt sie einerseits in enger Eintracht, nährt und übergießt sich mit Wohltat und Aufschwung. An anderen tief dunklen Tagen verwüstet sie fast schon im Abgrund ihrer aufgebrochenen Pedosphäre hängend, mit desaströser Kraft das Dasein Ihresgleichen; lässt niemanden ungeschoren davon kommen, fällt jedoch sich selbst zur Beute, sobald sie sich letztendlich auflöst. Schließlich ist dies ihre Bestimmung innerhalb der diaphanen und doch versperrten Grenzen ihres Himmels, welche die Menschheit zu überwinden versucht.

Möge der Bessere gewinnen oder wie es das Zeitschicksal formulieren würde, wäre sie zu einer Degradierung ihrer Sprache bereit: mögen alle am Ende verlieren.

In meinem Kopf spielt ein Szenario in Dauerschleife, in dem der Vater ein unabhängiges Fräulein spielt und die Mutter sich als kräftiger Mann durch das Leben schlägt – und ich nicht wäre.

Unfähig für den Alltag, langweilig, diffizil und vor Stolz auch noch strotzend. Überdies kaltschnäuzig verloren in einer selbst erschaffenen Dimension des vertriebenen Egos.

Alles ist vergeblich, alles wird vergessen. Und jetzt noch einmal auf Französisch, der Ästhetik halber: tout est en vain, tout sera oublie.

Leide an hypochondrischen Anfällen, sobald ich erwache und konsterniert bemerke, dass meine Nachhilfe für den jungen, nur spärlich alternden, Körperpanzer nicht anschlägt.

Mehr lesen, mehr drucken! Stellt sich bloß die Frage, weshalb manche kompromisslosen, zensierenden und margenfanatischen Verlage derartige Texte ablehnen, welche aus dem tiefsten Schlag des Herzens stammen. Wahrscheinlich bestreiten nicht wenige, dass es auch eine Sparte Mensch gibt, welche der Natur ihres Missgeschicks hilflos ausgesetzt ist und sich darum freischreibt. Ein anderer Grund wäre aber, dass meine Erfolgsaussicht nicht fulminant genug ist oder mein bodenlos schlechtes Schreibertum dessen Aufnahme verhindert.

Eine unermüdliche Müdigkeit breitet sich in mir aus. Alle Zellen und Fasern weichen ihr aus, wie die Wellen dem Bug eines hinderlichen Schiffes entweichen, welches am Ende auf dem Weg zu ihrer Mündung fließt, um sie endgültig zu verschließen. Ein großer Dank gilt jedem, der mich aus der Bredouille zu entziehen versucht. Vor allem aber der Musik und der Poesie.

Sei wie du bist, denn mehr kannst du sowieso nicht sein.

Lebenszeit kann man sich nicht erkaufen, viele setzen auf eine Fortsetzung nach dem Tod. Warum sehe ich also niemanden händeringend nach den Eintrittskarten zum ewigen Leben greifen? Heuchelei oder doch nur die Unfähigkeit, sich den zwieträchtigen Ängsten zu stellen?

Ein gestrandeter, wortkarger Sonderling. Woher weiß ich nicht, wohin, erst recht nicht.

Wir behandeln die Welt als gehöre sie uns, als wäre sie ein ausgemerzter Sklave, den wir bis auf den letzten Schweißtropfen schuften lassen. Und dann versinken wir in ihrer Erde, verwehen in ihrer Winde.

Gerne möchte ich mich wie bei einem einst verfassten Text meine Taten und Ereignisse zu einem späteren Zeitpunkt rekapitulieren, korrigieren und gegebenenfalls meinen schweren Kopf über den Unsinn hin und her oszillieren. Nur ist es mir nicht gestattet, jegliche Korrekturen vorzunehmen, weil sie, so wie jeder andere Lebensmoment, im Vergangenen ungreifbar sind. Wäre dies aber möglich, könnte man sich an vergangene Taten vergreifen, wie viele würden ihre eigene Geburt revidieren?

Der Eselsschrei erreicht den ersten Menschen, dann wird er immer tiefer von weiteren leblosen Wänden verschlungen.

Es braucht nur einen kleinen Stoß, um jemanden in eine tiefe Verwahrlosung zu katapultieren. Es braucht mehr als ein Leben, um ihn wieder zurückzuholen.

Die unkonventionellsten Leute sieht man nachts und in der Morgendämmerung schleichend an ihren eigenen Schatten verlottern.

Mein Dasein wird in erster Linie von jenen untergraben, welche nicht zuletzt selbst dieser Untergrabung zum Opfer gefallen sind. Wir befinden uns in einer unausweichlichen Spirale, für deren Richtung, Geschwindigkeit und überhaupt deren Existenz, wir angesichts unserer schieren Machtlosigkeit kein Stimmrecht beziehen können.

Ein kaustischer Einfall, dass man sich für den Freitod entscheiden kann, die Geburt aber nicht in der eigenen Hand liegt. So schleppe ich die tägliche Frage mit mir, wie verständnisloser diese doch ist. Warum soll ich mich über die Ungewissheit des Todes echauffieren, wenn mir die Klarsicht über jegliche Existenz schon beim ersten Herzschlag entflüchtete?

Mit der liebenswürdigen Aussage „du kannst mir alles erzählen" suggeriert der Helfende dem Unglücklichen, dass er mit „Alles" insgeheim nur einen bestimmten Informationsgehalt nach seinem Ermessen verlangt, welches er noch verkraften kann, das aber der Hilfesuchende vorab nicht erahnt. Was das betrifft, bedeutet Kommunikation also eine gewaltsame Eindämmung der Gefühle oder ein kompletter Verschluss sowie die ausgiebige Aufbauschung der Gefühlskanäle, letztendlich erfolgt nur eine reine Misskommunikation. Deshalb widme ich die Kümmernisse der Kunst. Nur dort entsteht eine

Entfaltung fernab von jeglicher Abstraktion und Restriktion, der sich schon ein unvoreingenommenes und aktiv danach suchendes Ohr zuwenden wird.

Die Eitelkeit gebührt jedem, der gerne in seinen eigenen dünkelhaften Fäkalien schwimmt!

Ein verfluchtes Leben unermüdlich zu verfluchen, das schafft nur das wahre Werk der Verzweiflung.

Eva musste schon hungrig gewesen sein, als sie in den sündhaften Apfel biss. Worin ihr Hunger wohl bestand? Nach einer neuen Welt? Konnte sie es dort nicht mehr aushalten? Wäre es doch nur ein Durianbaum gewesen, so hätte es eine 50/50-Chance gegeben, dass die Menschheit nicht wäre. Im Übrigen finde ich die insolente Art der Vernachlässigung eines jungen, unbewanderten Menschen, welche im Paradies getrieben wurde, übereinstimmend mit den Begebenheiten auf dem Grunde des Himmels. Mir scheint durchaus, der hochmütige Mensch sei tatsächlich der wundervollste Abklatsch.

Ich verachte sie alle – die stummen und lauten Beckmessereien, die Blasiertheiten, die Blicke, die Eifersüchtigkeiten, die Eitelkeiten, mein Spiegelbild. Alles, wovon ich mich üblicherweise bei den (nächtlichen) einsamen Spaziergängen abwenden kann.

Verdammt sei dieser Kopf. Verdammt sei der Doktor, der mir diesen nicht aus dem Geburtskanal entrissen hatte.

Das Immerdenken ist und bleibt ein unaufhörlicher verfluchter Segen.

Schon als Kind flogen die Tage an mir vorbei. Damals wusste ich nicht so recht, damit umzugehen. Heute wird mir klarer denn je, dass ich in meiner kläglichen Versuchung, die Zeit zunächst mit meinen kleinen Samthandschuhen einzufangen, ihr schon immer hinterherhinkte. Während die Kindesbeine sie noch voller üppiger Neugier verfolgten, entblößt sich nun das Gesicht der Zeit vor mir und wirft mir ihr mokiertes Lachen an den

Kopf. Ihre Überlegenheit muss ich wohl hinnehmen, für Animositäten jeder Art fehlt mir einfach die Kraft.

Die größte, allmächtigste Entität verbirgt sich bewusst vor unseren Augen. Keiner würde sich diese unglaublich langweilige Bagatelle freiwillig anmaßen.

Gerüchte erzählen Geschichten, ich sehe das Ende jetzt schon vor mir. Aschfahl wie das versteinerte Gesicht ist der Ausgang, keine Spur von einer einladenden Lichtschranke. Sollte es dennoch vor mir brennen, so kann ich es aus der Ferne noch nicht ausmachen, weil mich keine Schatten erreichen. Aber da ich als verruchter Sünder geboren wurde und mir schon das Beinschwingen aus dem eingedellten Bett schwerfällt, geschweige denn die im Leben anstehende Pönitenz, bin ich mir dessen sicher, dass mir beim Auftrieb post mortem baldig warm um die Seele wird – und ich dann wenigstens einmal wieder fühlen kann. . .

Es wird von Augenzeugen diverser religiöser Schriften berichtet, man müsse nach dem Ableben auf eine fadenartige schmale Brücke balancieren, um auf die Seite der Gewinner zu gelangen. Die Wertvollen, zu Lebzeiten Tatdrängigen, werden diese Hürde leichtfüßig überwinden, wohingegen das restliche Gesindel rücklings den Feuerschlund küsst. Meine Plattfüße werden es mir nicht leicht machen . . .

Ich kann es nicht emphatischer ausdrücken als mit folgenden Worten: Gäbe es den Regen nicht mehr, würde ich mir meinen Regenschirm ins Herz rammen.

Eine Hand wäscht die andere. Wie selbstlos Menschen doch sein können.

Ich leide an einem gravierenden Identitätsverlust. Nach Wittgenstein wachen wir an besseren Tagen manchmal vom Träumen auf, die Zeit verbrächten wir aber im Tiefschlaf. Dieser Tiefschlaf fesselte mich schon so stark, dass ich als verwirrter Oneironaut durch das Traummeer paddle. Indessen zerläuft der Mond wie ein schmelzender Käselaib aus der Himmelssennerei und fließt meinem Orientierungssinn davon. Selbst an besseren Tagen bin ich auf diesem Meer mit sternlosem Himmel gefangen, verliere vor hohen Wellen meinen eigenen Kopf.

Man wird kein anderer Mensch, wenn der Entschluss gefasst wird, sich zu ändern. Die Lüge, der Überlebensinstinkt und der Drang, die Unwirklichkeit zu verdrängen, bestehen weiterhin. Sobald die Verkündung einer Veränderung ertönt, gibt man ihr eine lebende Essenz, welche niemals der kaschenden Hand der tödlichen Vergessenheit, erst recht nicht der Flüchtigkeit entrinnen wird.

Verblüffend wie der Sprache die kümmerliche Handhabung rändlich liegender Gewissheiten zuteilwird. Leben und nicht leben. Sterben und nicht sterben?!

Die letzten Tage stimmen wie die ersten Tage noch immer ein. Die perniziöse Wahrheit verbirgt sich in den Zweit- und Drittstimmen, nur hört keiner mehr so genau hin. Ihr Ausspruch wird durch nächtliche Trunkenheit erst wirklich. Im Rückblick auf die verdorbene Vergangenheit bleibt einem zumindest der Zerfall erspart. Dennoch ist fraglich, ob diese endliche Verschonung überhaupt erleichtert, angesichts der ohnehin schon desolaten vorangegangen Gegenwarten.

Wird man geboren, hängt man nach. Stirbt man, so löst sich die Anhaftung los. Nichts aus diesen Gegebenheiten lässt sich von uns beeinflussen, was nicht nur erschreckend ist, sondern auch unnötig. Zu meinen, der Mensch sei zu irgendetwas Änderbarem, Loslösendem fähig, als zur Bekämpfung von Anhedonie und zum vorübergehenden Überleben, ist schlichtweg töricht.

„Wir sind nun mal da, so genießen wir es doch wenigstens" lautet oftmals eine simple Meinung einfältiger Hedonisten. Genießen heißt insbesondere auch zu wissen, was man zu sich nimmt . . .

Das Leben ist ein reines Unglücksspiel. Sogar beim Glücksspiel trifft man eine Wahl, ob und auf was man setzen möchte.

Vieles ist aus der Ferne betrachtet von Perfektion gekennzeichnet. Der runde Vollmond, die milchweiße Wolkenlinie am Horizont nach einem regnerischen Vormittag, ein Mensch, der sich nur mit größter Mühe als perfekt auszugeben vermag oder den man für perfekt hält. Am Ende verbergen sich dahinter nur chaotische Unebenheiten. Nur der Mensch versucht vergeblich, diese zu kaschieren.

Statt eines Tagebuchs sollte man sich ein Nachtbuch anschaffen, um darin festzuhalten, was man keinem anvertrauen würde und bei Morgenanbruch wieder im Abgrund des Unterbewusstseins schwindet.

Die Leere der verlassenen Gassen mildert die erzwungenen Gedanken über mich selbst. Gleichzeitig entfaltet sich dennoch ein Gefühl des Verlorenseins in mir, nur dass dieses Gefühl sich heimisch und bekannt anfühlt. Es ist ein alter Freund, der abermals eintrifft und einem auf die Sprünge hilft, ungefragt, aber erwünscht.

Der unendliche Widerstreit mit meinem eigenen Ich beschert mir wenigstens eine wertvolle Erkenntnis: dass es mehr Überwindung benötigt, um zu kapitulieren als um dagegenzuhalten. Denn der Widerstand ist schon im Überlebensinstinkt implementiert.

Vertrauen ist gut, Kontrolle ist besser. Diese Aussage überzeugt vor allem jene Menschen, die das Vertrauen nicht kennen oder gänzlich verloren haben.

Jeden Tag auf der Suche nach einer Vervollkommnung. Selbst wenn sie greifbar nahe liegt – sobald der neue Tag ansetzt, fühlt es sich tief in mir so an, als müsste ich jedes Mal vom Neuen beginnen. Jedes Mal die ewig langweiligen Gedankengänge erneut abdenken, wie ein dogmatischer Hund, der fest darauf beharrt, sein Schwanz verfolge ihn.

Gefällt uns eine Meinung, weil sie einem in gewissen Punkten anspricht und erfüllt oder weil diese Meinung aus einer bestimmten Ecke erscheint, aus dem Munde einer bestimmten Person entfließt? Objektivität war einmal.

Selten solch eine wortgewandte Schriftstellerin wie Sylvia Plath gelesen. Mit der Redekunst meine ich ihre Begabung, die chaotischen Kräfte des Schmerzes und des Leids einzufangen, zu bündeln und so realitätsnah zu porträtieren, als würde das Bild einem direkt ins Gesicht schreien: „And I shall be useful when I lie down finally, then the trees may touch me for once, and the flowers have time for me."

Von allen Affekten verstehe ich den Neid am wenigsten. Bei Überlegenheit ist nicht bekannt, welches Opfer der Beneidete bringen musste, ob er überhaupt damit zufrieden ist. Der Neid besteht lediglich aus Unkenntnis und Vorurteil, womit sich eher die Frage stellt, ob der entspringende Groll nicht gegen einen selbst entsteht. Zu wenige Pragmatiker existieren auf dieser Welt.

Stehe dauernd in einer Bredouille zwischen der Akzeptanz meines dahinlebenden Daseins und dem unerträglichen Drang nach einem Anderswo.

Soeben sah ich hinaus aus dem Fenster und fixierte meine müden Augen auf das brutalistische und von

Ranken garnierte Kunstgebäude gegenüber dem Lesesaal, als eine überaus große Mücke mehrmals gegen die Scheibe flog. Im Grunde genommen teilen wir beide den Wunsch nach einem Entkommen. Die Mücke in das warme Gebäude (hier spricht meine Naivität), ich in den kühlen Himmel.

In einer Welt, in der unser närrischer Wohlstand fast schon Athanasie verheißt, wird mir sehr schmerzhaft bewusst, dass ich mich niemals der überheblichen Allgemeinheit anpassen werde.

Wahre Liebe ist tatsächlich selten. Die stolze Verschlagenheit lauert leider in zu vielen Menschen.

Eros behält recht, wenn er für diejenigen, die auch Veränderung unverändert stark lieben, unsterblich bleibt.

Wann wird die Schuld denn bereinigt? Beißende Meldungen stehen überall verdächtig. Beim Verliebtsein, wenn die Augen schmerzen, weil man ein Foto der Geliebten im der Hand hält und stundenlang darauf starrt. Der Kopf brennt, pulsiert schmerzlich und schlägt einem zurück ins Dunkeln. Diese Seele bricht nach und nach, wenn die Liebe vorbei ist. Wenn die Gedanken einen innerlich langsam verbrennen lassen. Wenn das Herz bei der Trauer ununterbrochen sticht. Wenn der Rücken vom wochenlangen Liegen verkrümmt. Und die Sorgen umzingeln mich, aus der Vergangenheit scheinen sie schon immer das Lager aufgeschlagen zu haben, alle Pfeile werden nach mir geschossen. In die Richtung der Zukunft vermag ich erst gar nicht hinzusehen, die schallernden Ketten der Schicksalsarmee höre ich sowieso schon, von allen Seiten eingekesselt. Könnten wir überhaupt wissen, dass wir leben, wenn wir nicht jeden Tag und jede Nacht ein wenig sterben?

Nur ein geistloser Protagonist eines schwarz-weißen 20er Stummfilms. Sie sehen mich kommunizieren in der gleichen unverständlichen Sprache, aber ob sie mich verstehen?

Unsere Organe sind so einzigartig, dass man sich der Illusion hingeben könnte, sie wären auch für das geeignet, was wir uns nicht vorzustellen vermögen.

Was man als die immer anhaltende Ewigkeit sieht, lässt sich letzten Endes nur als zeitloser Moment ausdrücken. Sie ist eine wörtliche Erfindung, in der Hoffnung, ihre transzendente Unantastbarkeit in etwas Greifbarem zu formen.

Omnes vulnerant, ultima necat. Wie viele Stunden kann ich noch verkraften, ehe ich aufgeben muss? Wie sich die Welt vor den Augen nur verändert, wenn man weiß, dass man bald stirbt. Möchte man erfahren, wie stark das Bewusstsein und die Gedanken an Gefühlen gekoppelt ist, lass den Menschen leiden.

Das Leben schon in einem Sarg betreten. Kein Wunder, dass es dunkel, unbequem und erstickend eng ist. Plastisch liege ich da, ich lebendiger Leichnam. Die Nägel wurden samt ihren Köpfen in das vermoderte Holz geschlagen damit eine Öffnung von außen merklich unergiebig erscheint. Wer würde denn freiwillig zahllose fremde Skeletthaufen und Fleischfetzen aus den Böden kratzen, wenn man sie doch einfach unbemerkt eingesperrt lassen kann?

Solange ich meine Glückseligkeit nicht einfangen kann, bin ich nicht frei. Denn sie steuert überall hin, nur nicht zu mir.

Immer wenn sie an mir vorbeigehen, fängt das Gelächter an. So sehr ich mich nicht traue, mich umzudrehen und nach der plötzlichen Heiterkeit zu fragen, so sehr versuchen sie ebendies zu unterdrücken. Wer hier mehr feige ist, weiß ich nicht.

Ohnehin schon eine flache Atmung, aus dem Nichts taucht dennoch dieses Engegefühl auf. Rein psychosomatisch wurde mir versichert, aber die Gedanken schweifen in diesem Zustand zu stark ab und registrieren diese Tatsache nicht mehr. Unterdessen presse ich meine Hand auf die Brust, versuche sie zu massieren. Gleichzeitig bettle ich um Luft. Hauche sie viel zu schnell ein und atme sie noch schneller aus, womit ich die Angstsituation zunehmend verschlimmere. Todesangst breitet sich in mir aus, ich kann nicht mehr klar sehen und möchte einfach nur an die frische Luft. Ich verliere den Bezug zur Realität, das Herz pocht so schnell als würde es gleich aus dem Brustkorb springen. So paradox es nur klingen mag, Attacken dieser Art sind nie rational, vielmehr perfide und erbarmungslos. Seit der Adoleszenz verfolgen sie mich und so braucht es nur ein kleines Herzstolpern oder manchmal auch rein gar nichts, um wieder gefangen zu sein. Mir wird schon übel, wenn ich an dieses Gefühl denke.

Man ist, was man isst. Wichtiger noch isst man, was man denkt.

Das Absurde zeigt sich vor allem in einer unermesslichen, zu verarbeitenden Menge an Problemen gegen die hierfür ungenügende Lebenszeit.

Die fehlende Erwiderung der Liebe einer Frau hinzunehmen ist genau so schmerzhaft wie das Verschlucken eines zu heißen Tees.

Die menschliche Dekadenz fordert allen voran ein Tribut aufgrund der Impertinenz der Meisten, alle Dinge mit einem Zeitstempel zu versehen. Die wichtigste Frage ist nicht wer wann ein Ende setzt, sondern warum das Ende ein Ende nehmen soll.

Kinder lernen a l l e s von ihren Eltern. Somit darf man nur hoffen, dass aus der kindlichen Unfähigkeit irgendwann nützliche Fähigkeiten angelernt werden.

Es wird immer klarer, das gesamte Universum besteht aus Gegensätzen. Aus Agonist und Antagonist. Elektron und Proton, Materie und Antimaterie, Tag und Nacht, Leben und Tod. Diese natürlichen Gegenspieler sind selbstverständlich nicht von Menschen unberührt, auch wenn ein Zustand auch der Mangel des anderen ist, sie finden sich nämlich überall im Alltag. In Argumentationen, in philosophischen Ideen und Konzepten (banales Beispiel, Ying-Yang-Energien). Sogar das verdiente Vergnügen muss nach der zwanghaften Arbeit folgen, um nicht verrückt zu werden. Nur die Ewigkeit steht außen vor, fern von jeglicher Balance. Denn ihre Unabhängigkeit vom Dualismus ist das Alleinstellungsmerkmal, welches dem Rest fehlt. Deshalb wird sie oftmals Opfer ihres Wunders in unzählbaren Theorien und Künsten, nicht zuletzt auch von mir.

So detachiert wie Meursault, als wäre es eine andere Realität. Versteckt in einer Blase fernab von den Widerlichkeiten und schmerzhaften Ungewissheiten dieser Welt.

Gestern gab es den ersten Winterversuch. Das weiße auf den Dächern gegenüber dem Garten schimmert glänzend durch die milchigen Vorhänge, während ich angestrengt daliege und ihr bei derselben Passivität zusehe. Dass verlangsamte Moleküle einen so beruhigen können, wird mir erst jetzt bewusst, ich bin ja sonst immer ein Freund des schnelllebigen Regens.

Wohin führt der Seitenweg, wenn man schon im Abgrund steht und die Öffnung sich immer weiter schließt?

Es ist egal, wie schnell eine Zigarette aus dem Leben brennt. Am Ende gleicht jede Asche der anderen.

Über mir erheben sich pechschwarze Wolken. Regungslos starre ich in sie hinein; und die Wolken, sie starren nicht zurück. Denn es ist ihnen egal.

Und so soll am Ende kein wertloser Blutstropfen vergossen werden. Die Böden sind zu schade.

Nichts wird mehr strapaziert als das hoffnungsvolle Lieben und Leben.

In Büchern lassen sich Gedanken freischreiben, welche in der Präsenz von Kritikern nie geäußert würden. Dort herrscht kein Druck, kein Zwang zur konformen Perfektion, fast so als würde man in der Nacht mit sich selbst reden, eigentlich genau so.

Mir scheint manchmal, dass immer eine Sache um eine andere zirkuliert und so ihren Daseinslauf nimmt, während die untergeordnete Schicht um die nächste tanzt, sei es Galaxien, welche schwarze Löcher umkreisen oder ein Stück Zahnpasta, das um den Abfluss schwimmt. Ich meine nicht die Wesenseigenschaften des Tanzes; das elegante Beinschwingen oder die sorgfältig eingeübten

Schrittstellungen, sondern den Körperfluss, ja sogar Energiefluss um die Musik herum. Damit wird ein erhabenes Rauschen entfacht, welches mit fließender Bewegung die widerhallenden Töne zu erhalten versucht, bis das Lodern mit dem letzten Klang erlischt. Ich sagte schon einmal, dass alles vergeblich sei. So wie der Versuch dieses Zustand-Erhaltens. Der Kampf gegen die Vergeblichkeit, so sehr er zu den Vergeblichen zählen mag, muss vor Widerstand strotzen!

Enttäuschung und Ent-täuschung sind zu unterscheiden. Durch die Ent-täuschung bin ich mir im Nachhinein sicher, dass ich die Enttäuschung verkörpere.

Meine Augen sind offen, mein Mund spuckt hier und da inkohärentes Geschwafel, die keiner, nicht mal ich selbst, verstehen will. Aber meine Seele ist zugefroren und die Sonne scheint seit Jahren nicht mehr durch. B., du fragst immer wieder, warum ich mich weiter verschließe. Öffnete ich mich dir und allen gegenüber, würdest du mich verstehen? Würdest du meine Erklärungen annehmen und nicht als Hirngespinst eines Verlierers abwinken, ohne meine vorangegangenen Abscheulichkeiten im Hinterkopf zu haben?

Wir verkümmern schneller als gedacht, weil man Dinge tut, die man nicht tun muss, sondern kann.

Ich schließe die Augen – und frage mich, ob es immer so bleibt und ob es danach auch so sein wird. Ich will es nicht mehr sehen und ich will es erfahren.

Ich weiß allmählich nicht mehr, welchem ich mehr Hingabe widmen, geschweige denn dafür die Kraft aufbringen soll, denn die die Kraft reicht nicht einmal für ein Fingerkrümmen aus, sogar das scheint unmöglich.

Wie fühlt es sich an, so wie du dich fühlst, fragte mich mal ein Obdachloser. Ich überlegte einen Moment, der wie eine kleine Ewigkeit schien und entschied mich für meine Wahrheit: als würde dein Lieblingslied fertig gespielt und du wartest darauf, dass es wieder von vorne beginnt. Du hörst nun nichts als Stille. Es ist nicht die herkömmliche, seelenruhige Stille, die normalerweise bedächtig in der Luft steht. Dieses Mal versprüht die Stille einen ungenießbaren Geruch. Nicht einmal Alltagsgeräusche kann diesen Geruch neutralisieren. Das unschuldige Lachen des Nachbarkindes, das Mülltonnenrascheln eines bekannten Vagabunden, ein Hupen in der Ferne, mein nachmittägliches Magenknurren. Ich höre sie zwar alle, nehme sie aber nicht mehr wahr. Nichts scheint diese innere Stille zu erschüttern. Mehr noch, sie betäubt und macht andere Gedanken unfruchtbar, während die kahlen Wände als regungslose Spiegel der erdrückenden Leere und der Unfühlbarkeit über mein verunsichertes Haupt hochziehen.

Wir sind das vernachlässigte Kind, das keiner wollte, aber jetzt da ist und dessen einziges Ziel darin besteht, das Zurückgelassensein mit beflissenen und repetitiven Verzweiflungsakten zu kompensieren, wobei wir uns die unnützen Erfolge noch einreden! Man will sich vor jemandem beweisen, der einen ohnehin schon vergessen hat, was die Hilflosigkeit nur anspornt.

Das alte Testament proklamiert im Großen und Ganzen sich von allen Fesseln zu lösen und zu sein.

Sobald man aber anfängt zu sein, wird man; und mit dem Werden verschreibt man sich wieder allen Fesseln der anderen zur Zeil selbst, bis man nicht mehr wird, folglich nicht mehr ist. Man hat leicht reden, wenn man fest zu glauben scheint, dass der Herr insgeheim über diese Fesseln verfügt und sie nur am Ende ein wenig fester zuschnürt, um den Sack zuzumachen. Wenn überhaupt, sind wir nur ein missglückter Testlauf eines Heilsplans.

Habe das Leiden satt und bin der Sattheit leid.

Seit Jahren benutze ich keinen Wecker für anstehende Termine. Schließlich muss die Insomnie auch Gegenschläge einheimsen. Ich kann mich an das letzte mechanische Geschrei nicht einmal mehr erinnern und wage es kaum mehr, mir diese qualvolle Erkenntnis meiner unabdingbaren Abhängigkeit dieser Teufelsmaschine zu ersinnen. Auf die eklatante Einschätzung „Sie sehen aber müde aus" antworte ich erfahrungsgemäß nach Laune mit „ach, wenn's nur das ist…" oder mit „ach, wenn's nur das wäre…".

Es ist zwei Uhr morgens. Ich stehe draußen vor der Tür und mein Blick streift dem Altbaukomplex entlang. In den hohen, schiefen Mauern brennen nur noch vereinzelt Lichter, die restlichen Bewusstseine scheinen mit der Stille versunken. Als ein öllampiges Lichtlein in einem der schönen Fenster erlischt, griff mich ein Gedanke an. Ich mag zwar das nächtliche Wettrennen zwischen allen Mietern gewinnen, wie so oft, wenn es um nichts geht. Das Rennen gegen mich selbst verliere ich allemal. Ich laufe mir selbst hinterher, obwohl ich erstarrt bin.

Während alle schaulustigen Blicke auf ein Ereignis oder eine Person gerichtet sind, beobachte ich immer den Rest statt des eigentlichen Geschehens. Man lernt einiges über ihr Verhalten, wenn sich beschäftigte Maulaffen unbeobachtet fühlen. Besonders sieht man, wer sich selbst nicht erträgt.

Mit wurde nachgesagt, ich lebte einen Widerspruch. Wie wahr. Am Morgen möchte ich sterben und in der Nacht leben.

Wenn ein Gedanke einen nicht mehr loslässt und wie ein Donnerschlag elektrisiert, muss man diesen ableiten oder auf die Aggregation setzen, je nachdem wie nützlich er ist. Ein Geistes-blitz verschwindet schnell, so wie die Freude daran.

Ich bin doch im Grunde auch nichts anderes als diese leere Notizbuchseite, auf der ich schreibe. Vergilbt, verbleicht, zerknittert, angebissen, scheinbar inhaltslos und wenn man die Glieder am Rande trennt, bin ich für die Tonne reif.

Je weiter die erschreckenden Entdeckungen des eigenen Geistes voranschreiten, desto weiter verliert sich die Kommunikationslust.

Ein Fenstersprung, ein Hauruck, ein Finderdruck – und alles, was einmal angeblich gezählt haben sollte und würde, als auch alles, auf das die Erlösung zählen musste, verschwindet in dieser Sekunde vor dem Wiedereintritt in die unendliche Besinnungslosigkeit.

Hier steht man nun, jedweder Tag eine neue Verschuldung. Und ja, diese gespielte Beschäftigung ohne jene die Aussicht auf eine

Sinnhaftigkeit gänzlich verrauchen würde, verschwimmt als schmutziges Überbleibsel der eigenen Geistesverrottung mit allen Seufzern, Schluchzern und überreizten Schmerzen, welche in den dunkelblauen Nächten lauter als die angeblichen Schreie aus dem Fegefeuer scheinen. Eine traurige Dichotomie des ungenießbaren Lebens.

All das luftvergeudende Gehetze, was ich eigentlich nicht einmal mehr aus der Ferne betrachten möchte, ist mir nicht nur ein Dorn im Auge, sondern ein ganzer Zierquittenstrauch. Eine Travestie vom Fehlbarsten, ich hatte ja kaum die Chance, meine Karten vor Spielbeginn zu verkaufen! Und doch frage ich mich nun, ob ich vor Einlass wirklich so dumm war, die Werbung des Erhabenen abzukaufen oder ob meine selbstverschuldete Wahllosigkeit reichlich und zu Recht bestraft wurde ...

Menschen springen sich gegenseitig an die Gurgel, weil sie allein durch das verzerrte Bild ihrer Eitelkeit imstande sind, sich und andere aufzuwiegeln, um die vermeintlichen Obersten zu stürzen. Nur schade, dass jedes Ende mit einem

Pyrrhussieg belohnt wird, wenn sich jeder Eitelbold für den Obersten hält.

Was für ein fauler Scherz, dass der Schmerz chronisch bleibt, aber die Hoffnung sterben kann.

Wir nehmen nur an, man hätte uns das Leben geschenkt, weil wir dem ewigen Leben oder dem Nicht-Leben gezwungenermaßen entsagen und nie davon schwärmen können.

Ich bin ein alter, todesreifer Mann, meine Haut wartet nur noch aufs Plissieren.

Wenn Worte keine Gefühle mehr zeigen können, widme dich der Kunst.

Während wir ruhevoll in den Tod gehen, nehmen die gesammelten Bakterien uns auseinander. Wenn sogar mikroskopisch kleine Zellen am Ende die Seite wechseln und uns im Stich lassen, warum soll es ein Gott nicht getan haben?

Die Flüchtigkeit des Daseins wird wieder klar, wenn man in den Nachthimmel hineinsieht und einen Meteor beim Verschwinden in die Unerreichbarkeit erhascht.

Mit dem ersten Vogelgezwitscher des Tages wird mir die unaussprechlich jämmerliche Pflicht eines verstockten Entscheidungsträgers auferlegt. Wie soll ich mich verhalten? Soll ich mich der Erlösung enthalten? Kann ich jemals eine Würde behalten?

Es wird über erfreuliche Dinge geredet, über abscheuliche Taten sinniert oder über verzweifelte, traurige Eigentatsachen geschwiegen. Was die Emotion benötigt sind Sender und Empfänger. Erst das einvernehmliche Teilen macht uns weniger wehrlos. Darüber hinaus ist aber zu beachten, dass der Sender nicht zum Selbstzwecke teilt und der Empfänger nicht nur wie eine isolierte Antenne empfängt, sondern die, als wahrhaftig empfundene, Emotionen verarbeitet und unvoreingenommen zu begreifen versucht. Zur Folge hat diese Aktion eine Umwandlung des Empfängers zum Sender selbst, denn alsbaldig möchte seine aus der Verarbeitung der erhaltenen Emotionen resultierende

Gegenemotion geäußert und verstanden werden, was zum Emotionsstau im Gesprächskanal führt. Einer ist gewillt, dem anderen zuvorzukommen, wobei das eigentliche Ziel des Teilens von Beiden verfehlt wird. Es werden zwar immer noch Informationen geteilt, nur entfällt die ernsthafte Auseinandersetzung damit, folglich das Interesse an einer weiteren Partition. Im Ganzen begeben sich Sender und ursprünglicher Empfänger, jetzt als zweiter Sender agierend, auf die Suche nach einer neuen angeblichen Ergänzung, obwohl sich mit jeder forcierten Beendigung des Emotionsaustauschs die Tendenz zur Ich-Bezogenheit weiter steigt, fast so als würde ein jeder dessen Eigentum präsenticren und aufdringlich verkaufen wollen. Wie verhält es sich aber mit dem Teilen der Emotionen wie der Hoffnungslosigkeit über das Papier, auf der Suche nach einer Rückmeldung, aus dem Jenseits oder aus dem entfernten Diesseits, also aus Orten ohne ermittelbaren Empfänger? Diese Kombination bestärkt nur die zähe Misslichkeit, durch welche der einsame Sender kräftezerrend watet. Wenn nicht einmal die Möglichkeit auf eine Antwort besteht, sei sie noch so lakonisch, treiben die gesendeten Emotionen zurück in ihre Löcher, die sie gebohrt haben und richten dort weiteren inneren Schaden an. Keine Antwort zu empfangen bedeutet gefangen zu sein, immer ein ungutes Gefühl im Magen zu spüren, als wäre man bis zur letzten Stunde mit unbesiegbaren Bauchschmerzen verdrießt. So scheint mir eine endgültige Beendigung naheliegender als das müde Dahinsenden.

Der Versuch, das Unbewusste durch das Bewusstsein zu verdrängen mag zwar das Lügenkonstrukt temporär vermeiden, wenn es gut läuft, sogar bis zum Ende. Immerhin weiß ein Lügner, dass er jemandem etwas vorenthält oder die Wahrheit modifiziert. Somit ist aber der Selbstverrat nur ein dichter Nebel vor dem eigenen Hof. Auch im Nebel wandert man umher, aber nie wird man voranschreiten.

Die größte Gefahr lauert im Menschen. Was die Erde von außen zerstören könnte, etikettiert er hysterisch als Weltuntergang oder Zeichen Gottes, anstatt sie als das hinzunehmen, was sie wirklich sind, nämlich gleichgültige, für das Universum alltägliche Abläufe, wohingegen der Mensch eher sein Selbstzerstörungspotential fürchten sollte, die er wiederum gerne als abscheuliche Taten von Fremden umwälzt.

Unser Schicksal wird wohl nie den waltenden Händen der Vergangenheit entrinnen. Verdammt bis auf das Ende.

Das Bewusstsein beharrt darauf, an einem größeren Plan teilhaben zu müssen oder insistiert, einen Teil der Schöpfungskraft seines Erzeugers in sich zu tragen, womit er seinen eigenen Plan, sinnlos wie er sein mag, der Masse aufzwängen kann. Vom Fall erlösen sollte man sich. Wie der kleine Regentropfen, der auf einer staubigen Betonplatte aus der Bedeutung vom Fall erlöst wird. Ein ganzer Himmel voll Regentropfen sei wohl von Belang, aber verschwinden werden sie ohnehin.

Es gibt nur einen Abgrund, und der erstreckt sich von der Retina bis zum visuellen Cortex. Alles andere ist erzwungene, palliative Fantasterei.

Wie still wäre der Kopf ohne Musik.

In den meisten Nächten bin ich alle unerreichbar. In allen Nächten bin ich für den Tod erreichbar. Ein guter Freund ist er, der beste.

Gib dem verunsicherten Menschen einen Spiegel, der ihm sein Irren vorzeigt. Er wird ihn brechen und aus den Scherben seinen eigenen Spiegel formen und ihn dir aufzwängen.

Ich bin euch voraus, euch Allen! Näher am Herrn, die schnellste Schnecke. Manche verwittern, manche verrecken. Großes Geplage, im Ganzen verhallen.

Das tägliche Erwachen erscheint mir wie ein Wunder. Das räkelnde Lachen von der Seitengasse kräuselt sich in mein müdes Ohr. Es ist wohl keine Merkwürdigkeit allein zu leben, hoffe ich. Allein sterben werde ich ja auch.

Erst fiel ich vom Himmel, dann der Himmel auf meinem Kopf.

Sei Gott allmächtig, so ist es für mich sehr schwer vorstellbar, dass ein übles und innerlich gespaltenes Wesen wie dieser Mensch nur für ihre

Sündenbereinigung gezielt erschaffen wurde. Mit seinem übertriebenen Vaterkomplex versucht der verstoßene Sohn, den Erschaffer zu gefallen, wie ein Kind der verfehlten Elternliebe verzweifelt um jene Worte der Beachtung bettelt, während der Vater, gleichwohl er angeblich im selben Raum, im selben Moment stehe, dessen Existenz nach zahllosen weiteren Erschaffungen gekonnt negiert.

Dass wir wohl aus Erde geschaffen wurden, wundert mich nicht im Geringsten. Was man als Zeichen der unvergleichlichen, gottesgefälligen Schöpfungskraft ersehen kann, stellt sich mir als Akt idiosynkratisches Desinteresse dar. Er nahm etwas Zerbrechliches, etwas leicht Zerbröselndes und formte sie schnell zu einer Masse, die weder stabil bleiben würde, noch eine sinnvolle oder nützliche Konsistenz geboten haben wird. So erodiert jene Menschenmasse vor sich hin, inmitten eines Friedhofs vorgefertigter Gräber. Denn wie der Mensch, der sich keiner seiner massengefertigten Erzeugungen mehr entsinnen möchte, so vergaß Gott seine Schöpfung. Ob aus verdrängendem Scham vor uns oder aus bewusster Achtlosigkeit, Gott ist nicht tot, Herr Mainländer, er hat uns vergessen. Jedenfalls mag Gott überall sein, nur nicht bei uns. Auch verfällt er nicht wie der Mensch,

64

sein verunglücktes Projekt, denn um zu verfallen, bedarf es einen Auslöser sowie einen Katalysator für die Ungewissheit eines struktursuchenden Wesens, aus dem sich das Böse entwickelt. Gott als Inkarnation der Ewigkeit benötigt keinen externen Auslöser, er löst aus und nichts löste ihn aus oder er löste sich selbst aus und verfällt nur nach seiner Geschwindigkeit, immer noch langsamer als der Mensch. Dies ist natürlich ein rein flapsiger Gedanke, immer unter der Voraussetzung, er existiere nicht nur in unseren Köpfen. Auf der anderen Seite wird der Mensch förmlich ins Meer der Ungewissheit hineingeworfen und wirft dann sein ganzes elendes Dasein lang mit Spekulationen und Vermutungen um sich. Da die einzig unanfechtbare Gewissheit der Tod ist, sollte er eher das Sterben vorbereiten, besser noch, das Sterben beschleunigen und es eigenwillig bis auf die letzten Lebensbruchteile vorspulen.

Ist dieser Herr, dieser Vater, ein Mann, weil er das männliche Geschlecht für eine bessere Repräsentation von Stärke und Potential zur maximalen Barmherzigkeit bzw. Fürsorge hält? So verdient er wegen seiner ungleichen Vorstellungen keine Ehrfurcht oder Anerkennung. Ist der Herr ein Mann, weil die männlichen, engstirnigen Gläubiger ihn mit diesem Geschlecht apostrophierten, so ist zumindest der westliche Gott erfunden, weil er sonst entweder sein Geschlecht klarer kommuniziert oder Parität zwischen Mann und Frau postuliert, demnach seine männlichen Gefolgsleute in einer weiteren, abgesandten Schrift zurechtgewiesen hätte. Überhaupt ist es verwunderlich, dass in jeder Religion stets männliche Gestalten als wichtige Figuren in die Geschichte eingehen. Sei es Buddha, Jesus, Mohammed, Moses, Abraham… Mir scheint so, als wäre Eva die einzig nennenswerte Frau in der Religionsgeschichte, was aber einleuchtend ist. Wie sonst würden Sie die Geburt jener, von Geburt an stärkeren, Männer rechtfertigen, männliche Homosexualität wäre weder biologisch noch religionsmoralisch für das Entstehen dieser Welt vertretbar und gewünscht gewesen…

Auch wenn du mich peinigst, so bitte mir verzeih! Ich bin nicht immer heilig, dann doch lieber frei. Fühl den Verdruss, sei nur empört! Du wirst sehen – nur ein Strich auf der List', verblasst und von den Keinen gehört. Alle verwehen, niemand vermisst.

Warum nimmt sich der Mensch die Berechtigung den immensen Anspruch, ein Teil eines Plans

Gottes zu sein? Die Mannigfaltigkeit jeglicher Göttergestaltungen im Laufe der Lebenszeit ihrer Meister beweist allen voran, dass der Mensch zum einen eine angeborene Verzweiflung mit sich trägt, zum anderen, weitaus ausschlaggebender, in dieser tief eingefleischten Verzweiflung einen abgestimmten Heilsplan zu modellieren versucht, in dem er als zweiter Protagonist neben einer, wohlgemerkt allmächtigen, Gottheit den Sinn dieses scheinbar unendlichen Universums erfüllt. Eine Allmacht würde demnach sich selbst degradieren, das menschliche Vieh als Abbild, Kind oder sogar Gehilfen geschaffen zu haben, um als keinen anderen, wertvollen Zweck zu dienen als dem einer am Ende bewertete, kopflose Spielfigur. Dass unsere Schöpfung für die bereinigende Schlusssumme somit ein gesamttelisches Ende verfolge, ist mir nicht ersichtlich. Wenn überhaupt, dient diese aufwändige Läpperei nur dem Zweck der Befriedigung dessen Selbstsucht. Existiere eine Allmacht in Form unseres beobachtbaren Universums, so behandle diese Allmacht uns auch ebengenau mit Gleichgültigkeit und aktiver Ignoranz, wie das Universum selbst. Ein Gott in uns kann schon deshalb nicht existieren, da er für einen Teil unserer Boshaftigkeit verantwortlich gemacht werden müsste, was weder im Interesse der Gläubiger wäre noch des Triebführers. Sollte die

67

Seele doch den Weg zu einem Paradies finden, ist diese Seele überhaupt das Ich, das gerade über sie räsoniert, das seine Endstation dort erreicht? Ist Ich die gleiche Seele, die sich von dem Körper bzw. Gehirn abkoppelt, welches das Ich in dieser Wirklichkeit zu sein scheint, und zum eigentlichen, ungenetischen Macher hinfliegt? In der hellenistischen Göttersicht durften die Hetären und deren Geliebten noch mit den Göttern ihre eigenen Halbgötter zeugen, mit der Zeit wurden sie, die Götter, aber immer unantastbarer, deshalb der ungenetische Ausdruck. Wie kann ich also sicher sein, dass das Ich der sich abspaltenden Seele am Ende mit meinem Ich im Moment übereinstimmt und nicht doch nur meinen Körper ausgewählt und befallen hatte, um nach dem langweiligen Missbrauch meinen Körper, somit mein Ich, im Stich lässt und wieder in das Gemach seines Herrn zurückkehrt? Welch trauriger Gedanke, das untröstliche Diesseits-Ich sei inkongruent mit dem Jenseits-Ich, verloren hier auf dieser verlogenen Welt und noch weiter unten festgenagelt…

Zum Schluss ist ein jeder allein. Manche merken es früh, manchen wird die Einsicht abrupt gestohlen, manche werden dies nie erkennen.

Wenn die kühle Luft dich zu früh erweckt,
und die Augen nicht öffnen wollen,
und die Tauben nicht gieren sollen,
und die Augen nicht mehr öffnen wollen,
dann ist das Loch tief, in das man sich entdeckt.

Spiegel ohne Nagel, Kopf häng' doch still,
still ist der Schrei, der aus dem Leben will.
Verdorbene Namen, tote Körper still,
still ist der Reim, der sich nicht reimen will.

Wenn keine Luft dir besser schmeckt,
und die Füße nicht mehr gehen wollen,
und die Tage sich ergeben sollen,
und die Füße nie mehr gehen wollen,
dann braucht es kein feines Erlösungsbesteck.

Spiegel ohne Glas, die Ewigkeit bricht still,
still ist der Schrei, der sterben will.
Sterben – nichts Neues, gab's schon immer,
entfällt den Meisten nur gern.

Der Tod weilt bequem im Zimmer,
der Schrei schläft nicht fern.

Impressum

Bibliografische Information der Deutschen
Nationalbibliothek:
Die Deutsche Nationalbibliothek verzeichnet
diese Publikation in der Deutschen
Nationalbibliografie; detaillierte bibliografische
Daten sind im Internet über dnb.dnb.de abrufbar.

© 2021 Knut Calmund
Herstellung und Verlag: BoD – Books on
Demand, Norderstedt
ISBN: 978-3-7534-5315-6